歌集

今なら間にあう

長野晃

典々堂

＊目次

二〇一八年

二〇一九年

装本・秋山智憲

歌集

今なら間にあう

治安維持法
闊歩の歴史よみながら
今なら間にあう
今なら間に合う

祥嶺かく

二〇一八年

『伸子』

長崎の炭鉱島の崎戸から転校の君は歩く能面

君と彼、僕も何かを話してた夕日の中に君の涙が

あきらめた僕のはずだが北白川の机上で見ていたふくよかな笑み

実験室に一枚のハガキが届けられ僕は隠れて繰り返し読む

「宮本百合子の『伸子』を読んで別れたの」僕は目を閉じじっと聴いてた

御所だとは気づかず芝にて語り合う春の日射しがまぶしかったよ

君からの僕への質問覚えてる「統一戦線わかりません」と

十一月祭「地底の歌」の合唱を聴いていたのと告げてくれたね

手弁当を広げ並んで見つめたね鴨の流れの白い泡立ち

ハチキン

五十年前の新婚旅行浮かべつつ肩を並べて高知へ向かう

大歩危の巌に砕ける水しぶきはしゃぐ新妻思い出したり

亡き夫人の名前をつけたスエコザサしのぶか富太郎ササゆれている

ハチキンの歌の友らの声高く植木枝盛*がみんな好きじゃと

＊土佐出身の自由民権運動の思想家、政治家

高知駅をぐるりまわってありました啄木、一禎並ぶ歌の碑

日本を洗濯申すと墨黒々龍馬が書いた筆字に見とれる

住宅手当

新婚の僕の月給三万円家賃一万に不安がつのる

労組の役員選挙ではからずも推挙されたり新米のわれ

案の定仲人の所長は呼びつけて役員辞退をズバリ迫り来

ひしめける通勤電車に労働法労組法を揺れながら読む

人事担当常務夫人が病身の母を訪れ何をか語る

アメリカ留学、子会社出向次々と迫られる日々鬱々過ごす

たまらずに気持ちを伝え同期の友シンパの上司と細胞結成

仕事着の白衣の洗濯は会社持ち初めて求めすぐ実現す

百五十人の職場にありて四十人の赤旗読者を手分けし増やす

初産

産室の前の廊下の椅子に掛け妻の母、我も黙して産声を待つ

父母に公衆電話にて知らせたり母と子ともに大丈夫とだけ

保育器に黙って寝ている吾子の顔ガラス越しにて初のお目見え

保育器の娘の貌を見つめれば小さな子ザルとしきりに思う

初孫

南国の日向に生まれて凛と呼ぶわが子の子なりすこやかにあれ

夜も昼も泣いてばかりの孫娘抱けば僕の目じっと見つめる

初孫は食いしん坊の凛ちゃんです成人式をこの目で見たい

ツワブキの黄の花すでに末枯れゆくその一隅に一つ花咲く

お父の愛情

青島の浜辺に寄せ来る白波の日南海岸どこどこまでも

日向にて初孫凛の生まれしに何かやさしい妻の振る舞い

五か月の孫が今日から保育所へ共稼ぎの親をもう助けてる

初孫への土産を息子に問う我にメール来ました「お父の愛情」

青島の浜辺に息子と語り合う海の向こうのアメリカのこと

子の娘幼きながらも目をみはり怒っているのかじっと見返す

青島の無人の駅に一人いてふと返り見る海に照る月

神無月尽の朝日を浴びながら黄に咲き初めたりツワブキの花

フルコース

十月は金婚式の月と言う銀婚式は知らぬ間に過ぎ

欄干に二人身を寄せじっと聴く鴨の川原にしのび寄る秋

初めての中華料理のフルコース七十五になる妻にふるまう

子どもらは金婚式を祝うという何たくらむか妻と語らう

紙婚式ダイヤモンド婚式もあると言う記念日二十回は忙しい

七十五で自治会書記になった妻足取り軽く今宵も会議へ

駅までの三十分を歩く連れ　もう三十年を生きますと言う

金婚式と初孫・凛の誕生会一族郎党はじめて集う

五十年の連れの総括「選択を誤りました」に大笑いする

父・浩一のこと

米沢と大阪からのラブレター行李二杯に詰め込まれてる

応召され都城にて面会の春の日たびたび父母は語りぬ

ポバールは日本が初めて開発のプラスチックだと父誇らしげ

学校の帰り道にて工場の窓から手を振りくれし父

集いたる花見の席で口論の父は初代のクラレ組合長でした

盆踊りの女工さんらの先頭に父は踊れり鶴崎踊りを

父の部屋の労組書類に見つけたりレッドパージの当時の記事を

京大は日本のハイデルベルクだと繰り返し父はわれに語りぬ

共産党の専従になると言う我に父は問いたり飯が食えるかと

二メートル積み重なった工務日誌父の遺品を倉庫に見つける

グラマンの若き兵士に狙われた恐怖を父は繰り返したり

営業を命じられた父は洗礼を僕と受けたがその後はなし

十三の駅のホームで父はふと飛びこむことも思ったという

父の語った大原社研を確かめに用事はないが法政大に電話す

祖父・茂平

僕の血は熊本藩の大分の鶴瀬の村に生き継いで来た

わが祖父は六反耕す鍛冶屋にて川の氾濫たびたびと聞く

地租重く納められねば祖父茂平ブラジル移民を試みしという

わが祖父は一八八六年生れなりあの啄木と同じ年だよ

大阪の貧民窟のアジトにて人力車夫をし送金をした祖父

十人の家族を養う貧農の茂平は土間で鋼も打てり

少年時父の実家の土間に見き火花散らして鉄打つ祖父を

病床の祖父は言いたり「これからは大事な化学だ頑張りなさい」

螺旋形に日々伸びて来る蔓の先何もとめてか揺れ続けおり

ＩＣＡＮ

原爆ドーム鉄の骨格凛として核禁条約採択される

ＩＣＡＮのノーベル平和賞ほのぼのとわれらの胸にポッと灯がつく

ＩＣＡＮのノーベル平和賞抱き締めるサーロー節子さん若々しくも

核兵器で平和になると言うならば世界の国がみんな持つべし

何千発核持つ国が他の国へ核を持つなと言ってる世界

原爆の投下の時刻近づけりいよよ高まるクマゼミの声

原爆の投下の指示はトルーマン、チャーチルも支持したという

アインシュタイン湯川秀樹ら原爆の禁止を求めパグウォッシュ会議せり

ノーベル平和賞の佐藤栄作が核密約をしていた国だ

阿蘇山は万年に一度の噴火あり原発再稼働差し止めとさる

寒い朝澄みわたる空生駒嶺のわが住む丘から間近にも見ゆ

陸橋の手すりにズラリ並ぶ鳩思い思いに眼向けおり

松川歌集復刻版

ああここが脱線現場か車窓からじっと見つめるレールの光

福島大の伊部先生にこやかに資料に埋もれ迎えくれたり

ともに来た堀さん早速先生と談笑はじめた馬が合うのか

松川事件無罪に抱き合う写真見るセピアの色に涙がにじむ

松川歌集の復刻を聞いた田中先生は一冊あると送りくれたり

松川歌集の発案者はなんとなんと早大生の来嶋靖生氏と知る

松川歌集に田中礼、横井源次郎*の名もありて復刻決める
*横井源次郎は水野昌雄の実名

文学で松川勝利に貢献の広津和郎、松本清張たち

吉川宏志は松川歌集復刻版の紹介記事を書いてくれたり

新党

マスコミは新党新党と持ち上げるこの十数年にいくつの新党

放射線治療の医院のテレビにて踏み絵を命じる都知事の声知る

政権を取るためとして一夜にて変心するも平気な政治屋

当たり前の国民政権に至る道紆余曲折は想定内だ

キャリア

目ざとくてかしこいキャリアらが森友記録に気づかぬ不思議

このたびの官僚の自死に清張の描いた場面が脳裏をよぎる

八億も国が値引きの土地売買の被疑者全員不問とは何

国政をゆがめた痕跡消されそう赤木氏森友消してはならず

宇治の流れ

うす暗い宇治の庫にて山宣*のデスマスクに逢う白い石膏

*山宣＝山本宣治、戦前の国会議員。
一九二九年、治安維持法改正に反対し、右翼に殺される。

山宣の墓で出あった老人が山宣は乳兄弟ですとポツリ言う

山宣も伊東柱《いんとうちゅう》も見ただろう宇治の流れの逆巻く先を
＊伊東柱《いんとうちゅう》＝朝鮮民族の詩人。
治安維持法で投獄され、一九四五年福岡刑務所で獄死。

ガジュマルに気根しっかり纏いつく宇治植物園に沖縄思う

九月二日

歌会終えいつもの茶店に屯して孫崎享を今日は語らう

戦死者の報道重ねるマスメディア加害の歴史はもう忘れたか

本当は九月二日が敗戦日ミズーリ艦上で調印した日だ

沖縄戦八月末までたたかった戦時の事実を明らかにせよ

翁長帽

翁長知事の抗議は今度も撥ねられて無告の民にされるウチナー

沖縄に高まる波を思いつつ翁長ブルーのパナマ帽買う

「翁長知事のゆるがぬ遺志を継ぎます」とデニー新知事腹からの声

逆境を生き抜いてきたデニーさんきっと遂げるよウチナーの願い

虚構

文明は破調の歌を作ったが散文化は自殺と釘を刺したり

順三の広い視野持つ短歌史や歌論に今はとても飢えてる

「虚構こそ芸の極意」と水野さん戸惑いつつも何かわくわく

ウソでなく真実伝える表現を虚構で詠うは如何にすべきか

スカッと水野氏

「君の短歌昔の方が良かったよ」友は電話で一言つげる

あたたかな春の日差しに伏すわれに時に窓うつ風の音聞く

歌作りと政治は別と言う友は魯迅の言葉をそらんじて言う

万葉集、子規に啄木、文明がリアリズムの系譜とスカッと水野氏

　ガリレオ

雪柳もレンギョウの花も散りゆきて萌える葉桜光る早緑

新しい住宅街の生け垣に風にふるえる白藤の花

ガリレオは四百年後に勝利した「正義は勝つ」は本当のこと

イ・ジョンソプ

チェジュド*の建国神話は摩訶不思議東海より来た三人《みたり》の乙女

*チェジュド＝済州島

タコの足生きてくねくね韓国の海鮮料理にかぶりついたり

九人の家族が暮らした三畳のイ・ジョンソプの家に窓なく

焼き物にイ・ジョンソプ*が描いてる怒る白牛一つ購う

*イ・ジョンソプ＝大韓民国の画家

娘らは習ったばかりのハングルで韓国の女子らと笑って語らう

後ろ手にされ人前で斬首される村人の写真をじっと見つめる

鶴橋に住む人多くは母国での戦火逃れてきた人々と聞く

済州島の案内人がゆくりなく九条どうかと聞いてくる

済州島の町にあふれる赤い花わが家のツツジと同じ紅

啄木は永遠なり

ＮＨＫのニュースはやっぱり偏向す財政悪化は社会保障のせいと

「ペンタゴン・ペーパーズ」の映画の終わりライトはつけど皆席立たず

「巨人軍は永遠なり」に続け「啄木は永遠なり」と田中礼先生

わが街の高塚古墳を巡る朝どんぐりの樹の青葉増えゆく

廃プラ公害　聞き取り

廃プラの排ガスによる症状を弁護士十人聞きとりに来る

意見書を裁判所へ出すと聞き住民次々訴えに来る

公民館六つに仕切り一人ずつ訴えを聞く日の暮れるまで

幼児二人連れ来しママは顔しかめ家族みんなの湿疹訴える

工場近く毎日駆けてた少年はぜんそく発作をとつとつ話す

目や喉の痛みが多く湿疹など症状それぞれ書きとめられる

医師団は住民検診の結果告ぐシックハウス症候群と類似ぞと

工場より少し離れて住む夫婦カンパ三万おいて帰りぬ

住民の聞き取り意見書百三十人大阪地裁にしかと届ける

廃プラ公害　眼のない魚に

十年間に四回負けた裁判だがシックハウスの症状続く

「住民と共生する」と言いながら会社社長は会おうともせず

この夜更け悔し涙のとめどなく眼のない魚に我はなりたし

現実を無視する判決悔しいが権力に負けぬ一すじの道

引っ付き虫

真夏日の朝の静寂に何事か急ぐがごとくイカルの鳴けり

五十年賀状交わした友の逝くオホーツクの海鳴り聞こゆ

豊中の実家の庭に蔓延《はびこ》った引っ付き虫に一歩も入れず

白雲ひとつ

夕さりて門真の駅に小ぬか雨満員電車が二台通過す

揺れる音に目覚めてここはどこだろう電車の外をあわてて見やる

手術して治ると限らぬ白内障自分で決めよと若い眼医者は

負け続ける人生なのかと省みる空に白雲一つ漂う

放射線治療

放射線やホルモン治療なかりせば今ごろ僕は宇宙の塵か

放射線とホルモン治療をやりましょう元気な声で医師は告げたり

放射線治療室にてＢＧＭの曲の名聞かれる検査の技師に

血液のガンと言われて入院の友へのメールをためらっている

脊柱管狭窄症

脊髄の輪切りの画像見せられて白くへこんだ異常を確かむ

新しく言われた病名「脊柱管狭窄症」は友らによく聞く

鼠蹊部に痛みが走るなにゆえか頼りの医師に診断仰ぐ

手術するほどではないと告げられて腹に巻かれるコルセットを買う

樫の新緑

哲久の歌碑建つ丘にたたずめば白い海霧果てしもなくて

一泊の旅より帰り二日後の朝起きられずもうその歳か

高塚の古墳のまわりの裸木に樫の新緑芽吹き始める

大雨が止んで晴れゆく大山崎、天王山の鮮やかな蒼

忖度

部下は忖度指揮者も忖度底なしの沼へと沈む国であるのか

忖度は裁判官にも及んでる廃プラ公害被告に科なく

忖度や阿るなどをしない僕脛を蹴られて転んでは起き

ビラ配り雨天決行の呼びかけに雨降る中を八人集う

いつまでもつか

ぬかるみの水面をめぐるミズスマシ飽かず見つめた少年時代

朝の四時窓白々とあけ初めていつものように咳き込みはじめる

米軍の基地に降り立つ大統領七十余年の占領つづく

百円のコンビニコーヒー口にしていつまでもつかと友と語らう

繕う

男山の道に揺れてる木漏れ日を踏みつつ語らう学生時代を

啄木と文明、昌雄の志し短歌にもとめる日々でありたい

あっけらかんと晩夏の空の青々と心に映る影一つなく

腰や首繕うてきた体だがわが精神こそ繕うべきだ

啄木の旧かなの文字パソコンで打てば増えゆく赤い波線

生存率五年はあると言われたがなすべき大事はまだ決まらない

九条改憲反対署名を増し刷りし賀状の友らにどさり届ける

消えた竹林

初冬の青空走る白雲は空のことなど構っていない

寒の入り真青に澄める空の奥ピピピピピピピ冬鳥の声

ほっこりと春の日射しのやわらかに入り日の純白輝きわたる

畑にも滅多に見えぬ菜の花の街の川原に黄の群そよぐ

タケノコの缶詰発祥のわが街の竹林みるみる失われたり

菜ノ花

もう二年空家の家の生け垣に今年も咲いた紅の花

手を入れぬ落ち葉の森に時が来て早緑萌えて目が痛くなる

大雨が去って日没寸前の夕日あかあか我が眼を射たり

暗い道にＬＥＤがついたけどこの光線はまぶしすぎます

灼熱のアスファルト道猫二匹歩調揃えて横切ってゆく

すっかりと刈り取ったかと思ったが八《や》重葎《えむぐら》の実が実家の空き家に

雨雲にベールかぶった生駒嶺のどこらあたりかテレビ塔の列

真夏日の西日を浴びてバスを待つ踵の上げ下げリハビリしつつ

開発した住宅街を歩みゆく背黒セキレイ距離を保って

朝の日のななめよりさす道の上赤いトンボが水平に飛ぶ

人間もカラスも食わぬ柿の実のたわわに揺れる冬の青空

凧揚げも追羽根、門松見ないなあ初老の友ら口々に言う

大阪湾をごみで着々埋めてゆくフェニックスと言う美しい名で

わが家

夜の厨に翅光らせるゴキブリのつと立ち止まりサッと隠れし

夜の厨　ゴキブリ一瞬立ち止まり僕も一緒にすくんでしまえり

青黒い明け方の窓に白い腹見せて這いずるヤモリ素早く

春の空ゆう片設《かたま》けて明るんだうっすら透けいる上弦の月

名も知らぬうす紅の小さき花足元めぐりにひしめいている

知らぬ間にドクダミの葉の深緑小庭の土をおおいつくせり

ああこれが晩夏の雨かしずしずと降り出しながら時に土砂降り

わが小庭どこから来たか草も木も思い思いに生き抜いている

青春は遠くにありてはきはきと「あなたの介護はしません」と連れ

ヤツデの花

連れ合い

あかときに醒めれば畳に正座して眠られないと連れは本読む

テレビドラマの同じ場面で泣く家族　明治の人はよく泣いたという

大病を患った僕の四年間海外旅行を言い出さぬ連れ

出がけには「行ってきます」といつも連れ　生返事する僕の傲慢

身の上

久々に鏡を見れば茶のシミが頬のあたりに領地広げる

八十路近く生きた身ですよトラウマの一つや二つ誰にでもある

浅き夢目覚めたときにその夢のリアルがいつも思い出せない

古希を過ぎ首の手術にガン治療何とかなるかオーイ白雲

あと何年生きるかわからぬがワクワクもある我が二刀流

ハッとする短歌一首を死ぬまでに作ってみたいがほとほと夢か

「評論が向いてる君と思ってる」田中先生の手紙見つける

後ろからバスから降りた青年が忍びのように僕を追い抜く

終点の出町柳の駅員に肩を揺すられ「シケタ」と目覚める

青島の浜辺の砂に大の字になって聴いてる海鳴りの音

階段に手すりがあればすぐつかむ手術後三年もう秋の日だ

何年も通い続けた国労の会館ゆっくり階段登る

宮崎の青島生まれの女孫凛今日のラインは何か不満げ

お父ちゃんにサーフボードに立たされた二歳の凛の平気な目つき

「ドナドナ」

久々に新年会で会った友「君の短歌を見ている」と笑む

別居して二十五年の友は今ふたたび同居し介護するという

「ドナドナ」の歌口ずさみつつビーカーに溶液そそぐ先輩がいた

亡くなった仲間偲べば夕暮れの曲がりくねった川面の光る
蛇蝎の如く

米軍機の爆買い今年は数千億僕らの税金渡米するのか

スノーデンの『日本への警告』読んだよと友に電話す盗聴されたか

再びの占領なのかオスプレイ首都の真上を飛び回りおり

明かり消し僕と通帳抱きかかえモンペのままで眠ったと母

大戦のA級戦犯の孫と言う噂ひろがりほころぶ桜

玉砕の打電の暗号「サイタサイタ」二人の小父は何処に咲いた

辺野古への資材搬入はじまりぬハヤブサになり止めにゆきたい

大戦を始め半年負けイクサ　ミッドウェー海戦勝利の虚言

増税と軍拡予算を啄木は蛇蝎のごとく憎む記事書く

犬

バーニーズ・マウンテン・ドッグの牙長くつぶらな瞳が頂き見上げる

秋田犬しっかり者の兄と見たじっとこちらを見る目離さず

チャウ・チャウの眼はどこに埋まるのか赤毛の房から丸い鼻だす

耳を垂れ賢そうなる眼して話しかけ来るダルメシアンは

シベリアの極寒豪雪わすれたかホカホカ家居のシベリアン・ハスキー

隠れキリシタン

世界遺産に隠れキリシタンが認められ世世を継ぎ来し艱難思う

三輪山の陰に光れる池の面に蒲の穂叢の影なく揺れる

放射線で肺がん治れば儲けもの田中先生嬉しそうなり

二〇一九年

文学館めぐり

啄木の赤い表紙の本訪ね近代文学館に見付く『空想から科学へ』を
（一九〇六年発行「社会主義研究」に、エンゲルス著／堺利彦訳『空想から科学へ』掲載）

水野さんについて一葉、子規庵の記念館など二万歩めぐる

水野さんホテルのロビーにぬっと立ち眼で合図して歩きはじめる

水野氏とタクシー運転手の東京弁異国をめぐる気分のようだ

一葉

下町の案内ルートは水野さんの生徒を連れた国語科の道

軒並みに木造建ての街に入り樋口一葉の香りを探す

一葉の住まいの跡の碑のそばに立たされにっこり写真写さる

十八歳で父をなくした一葉は心ならずも暮らしを背負う

一葉は「萩の舎」にて代講し下僕のようにこき使われる

文学で食えぬ一葉　吉原の大門前にて雑貨屋営む

透谷ら自由民権の書も読みて一葉書き継ぐ貧しい暮らしを
社会主義者や藤村などの文人の出入りもあった樋口一葉
『たけくらべ』『大つごもり』の小説を森鷗外も激賞をせり
『たけくらべ』初めて読みぬ青春の悩み抱えた僕の若き日

樋口一葉歌集を読みぬ　なんとなく僕にもわかる文語の「べく」が

貧困が文士つくりし先駆けか樋口一葉の生き様を知る

十四か月で二十二作を書きあげて二十四歳一葉逝きたり

一葉の記念館にて水野さん絵葉書五枚を選びくれたり

投げ込み寺

投げ込み寺の墓地の蔵にて雑然と積まれた白い骨壺を見つ

吉原の投げ込み寺の片隅に荷風の筆塚、石文を見つ

東京の大空襲は一夜にて十万人を焼き殺したり

浅草の路地に聞こえる争って業火を逃げる悲鳴の響き

子規庵

さあ次は子規庵だぞと促すは九十近い水野さんの声

受付に「やあ久しぶり」と水野さん声かけながら子規庵に入る

子規の臥せし部屋から窓越しに見て飽かずかも濃緑の庭

濃緑の庭の奥には白椿　子規眺めしか三つ四つ咲けり

霜月の子規の狭庭に長々と青いヘチマのぶうらりゆれる

初冬の庭のヘチマの垂れる見て五弁の黄花をふと思い出す

臥す子規のめぐりの弟子の次々に句を読む声が聴こえるようだ

汚れたるガーゼを替える朝朝の子規の呻ける声を浮かべる

子規庵の狭庭の奥に白々と椿の花咲く霜月の暮れ

短歌革新

貫之は下手な歌よみと言い切った子規の歌論を読み返しおり

『古今集』は言葉の遊びを主とするを忘れたもうな」を子規力説す

『古今集』『新古今集』は読む価値なし」子規の言葉の厳しかり

現代歌人の古今・新古今の尊重を土屋文明よしとは言わず

『古今集』『新古今集』に「前衛短歌」僕ら庶民に実感わかず

死の床に「エヴェレストなる雪くはましを」と詠みたる子規に親しみ覚ゆ

「今年ばかりの春行かんとす」と詠んだ子規　いちはつの花の涙思いぬ

『子規歌集』『歌よみに与ふる書』の解説に土屋文明健筆ふるう

子規、文明何れも小説哲学に挑むもなぜかともに挫折す

田端文士村

龍之介、犀星らの引き寄せた田端文士の街をめぐりぬ

田端の文士の街の坂のぼり文学座の幟にホッと息継ぐ

大阪に文学館を作るなら近松、西鶴、蕪村らになるか

茨高の先輩に居て川端康成、大宅壮一忘れがたしも

啄木会

啄木をもっと知りたい思いにて田中先生にレクチャーを請う

男山石清水八幡の麓にて月一の啄木会に十人集いぬ

ああこれは民衆短歌の先駆けか読みつつ思う『一握の砂』

俵万智と我らの啄木百首選その重なりの多きに驚く

関西啄木祭

十年ぶりに関西啄木祭開催す一五〇部の資料も足りなくなりて

演題を「現代に息づく啄木」と田中先生すぐに決めたり

啄木の「啄」の字には牙がある田中先生いきなり指摘す

六十年前片肺切除の先生が今こそ啄木をと二時間語る

エックス線

前立腺がんの宣告ショックなり人体図見て医学書を読む

検査結果はステージ3の生存率五年ぎりぎりクリアはすれど

ガン治療放射線にて三十日間続けると言う医師たんたんと

猛暑日に遠い通院できるのか大川端をとぼとぼ帰る

放射線はエックス線かと尋ねれば「そうですよ」とそっけない医師

腰痛と首の手術の僕の身だエックス線をまた浴びるのか

赤い文字で危険と表示の治療室わかい技師ら走って出入りす

寝台に括られエックス線を浴びながら「風に吹かれて」動かずに聴く

寝屋川、京橋、桜ノ宮の乗換駅ただ通り過ぎ通院続ける

ホルモン治療

ボーとしてやる気が起きない僕であるホルモン治療のせいにしておく

五万円のアストラゼネカの注射針つまんだ腹にブスリと刺さる

夏空にゆっくり流れる白雲よガン細胞に負けてたまるか

本音言えば初孫「凛」の成人式見るまで何とか生きてゆきたい

アッシー君

道の辺の知らない草に這っている名も知らぬ虫の行方見詰める

アッシー君の連れの免許を返納す四十五年を有難う

朝ドラをじっと見ている連れの傍言うこと言えずともに見ている

水道の蛇口の水も温かく今や地下さえ猛暑になったか

テルちゃん

プラスチック燃やせばCO_2、放っておけばマイクロプラに

コーヒーや紅茶を今日はやめておく啄木忌であるココアをたのむ

北国の豪雪を聞き見上げれば北へ北へと走る白雲

幾年かともに鍼医に通いたるテルちゃん早やも死んでしまえり

お姫さま

長崎の平戸の島の森陰に石墓うっすら十字を刻む

連れ合いの先祖の墓の傍らにキリシタン墓かクルス刻める

踏み絵にて無残に溺死の島人のクルスの古墓そっと撫ぜたり

平戸藩御馬廻りのルーツにて連れは自分をお姫さまと言う

改　元

令の字は命令の令お触れの謂い行きつくところ穏やかならず

改元だ代がわりだとあおり立て復古への道を清めるメディアか

西暦と年号あるのはややこしや西暦一本スカッと行こう

冬の朝冷たく光る青い空雀さえずる生け垣の陰

政府見解

戦争へ導く政治許さじと腹を固めて賀状書きゆく

国連はとっくに政府に告げている従軍慰安婦の人権侵害

被害者の人権侵害認めてた政府見解覆したりアベ

「徴用工の強制労働は条約違反」ＩＬＯ見解を知らぬのかアベ

ぼろ船

国民を道連れにした転覆は許されまいぞアベのぼろ船

波の立つ東北アジアにあればこそしっかと九条掲げゆくべし

米軍は日本を守ると聞きしかどその義務のなき文書見つかる

行脚して民意を語るデニー知事わが耳元に足音聞こえる

ニュース

異国語で語る言葉は分らないＮＨＫニュースは不愉快だ

倉敷の真備の洪水に驚いて故郷の地図あわてて探す

消費税10％になれば廃業も、店の主は言葉をつがず

「啄木は大好きです」と言い残し逝去されたりドナルド・キーン氏

維新の処世

大阪の万博会場ごみの島カジノも作れと維新の燥《はしや》ぐ

歌わなくてよいはずである君が代の口元いちいちチェックしており

遊興費も領収書不要の助成金維新は一人五千万円とぞ

際立って景気の落ちこむ大阪で「成長とめるな」とう維新の勝てり

グレタ・トゥーンベリ

大人たち本気で地球を守るのか十六歳の少女が叫ぶ

レッドリストにトノサマガエルも載る今だ　開発の害ここまで及ぶ

水俣病の公式発表から五十年未だ政府は調査しおらず

わけもなく今宵の気分はつぎつぎに倍賞千恵子を聴きたくなった

大寒

寒の朝モズの高鳴き鋭くて早贄《はやにえ》刺したる勝ち鬨《どき》ならん

連れ合いは候補者として六連敗今朝も元気でビラ配りゆく

冷え著《しる》き大寒の空震わせてひときわ鋭くイカルの鳴けり

寒の暮れふと見上げれば鋭くも三日月の鎌闇を切り裂く

立　春

立春の淀の岸辺の枯草の朝日浴びつつ風になびけり

一番にやりたいことを決めかねて七十五歳は通過点だが

医師五人薬十六錠に生かされて今朝は何から始めるべきか

あの本はここらあたりに置いたはず積み替えながらまごつき探す

春立ちぬ桜の裸木ふと見れば小枝の末のみな尖りおり

カシの木の裸木九本そびえ立つ高塚古墳をひとりめぐりぬ

つくづくと文明の添削に思い知る僕もへたくそ君もへたくそ

帰宅する僕を後から追い越してヒール響かせ娘ら急ぐ

三十年妹のように思っていた黒い瞳の黙して逝けり

早春

早春の朝の目覚めにカタコトと思いがけない風の音聴く

立ち漕ぎで坂道のぼる少年の春の日射しに腓《こむら》がしなる

去年の秋黄花咲きいしツワブキの白絮となりて春の日あびる

雨上がりの朝の空気に漂える花の香りを深々と吸う

新緑

新緑の葉桜のもと黄の色の関西タンポポ凛と咲いてる

この街の竹林ついに無くなったあのウグイスは何処で鳴くのか

セメントの階段のぼれば匂いくる誰も植えないハーブの葉群

捨てかねて

古本を一冊一冊と購いし書棚をながめ捨てかねており

祖母の名はトキとツルなり軽やかに明治の空を飛んでいたのか

連れ合いの叱咤の的なる僕である長生きせよとの声と聞きおり

つくづくと手の甲見れば網の目の際立つ皺の山脈を見る

香港のデモの映像見るうちに六十年安保のわがデモ思う

一票差で敗れた友を思いつつ選挙ハガキにわが名書き継ぐ

連れの着る朝鮮通信使の服装は似合っていると写真に撮りぬ

瀬戸内の長島愛生園を訪れぬ百六十人が今も住んでる

八軒屋の石段かけおり大川の観光船に連れと飛び乗る

ウナギ

息子より二尾のウナギが届きたり「蒲焼にすな」のコメント添えて

梅雨晴れの西日あびつつ揺れている白く大きなカシワバアジサイ

暗闇の坂下りつつ見上げれば細い三日月ピタリ付きくる

早朝のビラまき終えた連れの息七十五歳の澄んだ声聴く

猛暑日

エアコンの音がスーと止まるとき聞こえはじめる心拍の音

猛暑去り台風が去り濃緑の生駒の峰の近々と見ゆ

急速な視力低下に眼科医はこれ以上は無理とすげなく告げる

彼岸花

碧い眼の初老の紳士が席を立ち「どうぞ」と声をかけてくれたり

三十年通い続けた商店街初めて気づく看板もあり

お互いに職場を語る青年の「正直言うと」の声を漏れ聞く

彼岸花見るもシオシオ崩れゆくまた来る秋に輝いておくれ

わたし幸せ

金婚式に「仲良くやってきました」と本当のようにはきはき言う妻

古びたる厨の床を替えたれば「わたし幸せ」と連れ合いの声

日に六度流しの前に立つ二人四回の僕二度だけの連れ

一日中鳴きつづけたるムクの声いよよ高まる秋の夕暮

八千代の別れ

手を下ろし細やかに振り微笑みぬあの日が八千代《やちよ》の別れだった

永訣の朝もあらなく寒の空この果てを越え友よ行くのか

道端にカタバミの花咲きはじめ死んでしまった君に会いたい

アンパンマンになろう

初孫のお気にいりなるアンパンマン声上げながら観ているのだろう
アベ政治の戦の道行き止めさせんわれらなるべしアンパンマンに
「もう誰も責任とらぬ国ですね」タクシー運転手が話しかけくる

大戦は聖戦なりと教えられ二人の小父は帰らなかった

不自由展禁止されたが「自由を」の声の高まり再開されたり

侵略戦争認めぬ国会議員らが赤いじゅうたん今も踏みゆく

九十翁学生服の写真持ち戦死のわが子としずかに語りき

冤罪が百人もいるこの国が法治国家と呼べるだろうか
安倍総理所信表明にて豹変す党首としては改憲めざすと

ハムレット

ショパンの故国を思うポロネーズはずむ指先音も軽やかに

ハムレットのセリフのような千切れ雲引き寄せ合いつつ北へ流れる

結婚や出産さえも「贅沢」と言われる国に誰がしたのだ

前をゆく連れ合いの影小さくなり街灯すぎれば大きくなりゆく

格安プラン

沖縄行わが年金では無理と知り格安プランを連れと求める

復帰後の今を見たくて沖縄へ思い立っては連れ合いと飛ぶ

那覇空港自衛隊機の日の丸にぎくりとさせられタラップ降りる

シャワーもパジャマも無いミニホテル連れと並んで身をちぢめ寝る

嘉数の丘

那覇の宿夜明けに迫る米軍機轟音響かせたちまち飛び去る

山肌を赤茶けさらす景仰ぐ米軍演習にざくりえぐられ

焼け落ちし首里城めぐる城壁に大樹に黒き弾の痕見つ

激戦の嘉数の丘より見下ろせば普天間基地の黒ヘリの列

お化けカボチャ

米軍に追いつめられて身を投ず崖の青草ふるえやまざり

米軍に撃たれた人を肥《こやし》としお化けカボチャの生りしを聞けり

首里の友平和の礎《いしじ》に駆け寄りて縁者の名前を指になぞりぬ

日本兵も村人もいたガマの闇ピチャリ雫がときに首打つ

土掘れば骨

那覇の夜泡盛かたむけじっと聴く暴行兵士の本国送還

首里育ちのテルちゃん手ぶりで「土掘れば骨」とたびたび語る

星砂を手にとる老婆のつぶやけり「ニライカナイは海の向こうさ」

長き世を琉球処分の続き来て未だ解かれぬ処分のくびき

キャンプシュワブ

米軍のキャンプシュワブのゲート前列なす生コン車の後尾の見えず

屈強な警備員のにらむ中「基地はいらぬ」と座り込みたり

日焼けしたオジイ、オバアの列に入り「美ら海守れ」と拳つきあぐ

マヨネーズと呼ばれる地層ある海に基地はできぬと確とうなずく

捨て石

デニー知事再選勝利に若者が右に左に三色旗振る

鮮やかなカリユシまとうデニー知事カチャーシーを踊り出でたり

侵されて抗議も民意も無視をされ行脚し説きゆくデニー知事の汗

ウチナーンチュにヤマトを憎む人もいる当然だろう今も捨て石

今なら間にあう

沖縄からベトナム襲った米軍機　枯葉剤をどれだけ撒いたか

ベトナムと聞けば誰でも思い出すベトちゃんドクちゃん哀しい姿

鮮やかなカリユシを着たデニーさんウチナーンチュの団結訴う

デニー知事の再選をしたこの秋の辺野古の海の輝きわたる

翁長氏の遺志継ぐと述べデニー知事カチャーシーを踊りだしたり

沖縄の米軍基地にヒロヒトが服従誓った淵源ありき

祖国には五万五千の米兵が沖縄には何と四万五千人

世界中米軍部隊が駐留す日本はダントツ一番という
神無月神はいました沖縄の知事選勝利にはじける秋だ
治安維持法闊歩の歴史読みながら今なら間にあう今なら間に合う

転載　長野晃第二歌集『コーヒーブレイク』栞

本来であれば、今回もまた水野昌雄氏に栞か跋文をいただきたかったのであるが、氏は二〇二一年五月に鬼籍に入られ、それは叶わぬこととなってしまった。私の短歌のよき理解者であった水野氏の一文を、ここに転載させていただく。

長野　晃

長野晃の短歌を支えるもの

水野昌雄

長野晃さんが歌集『ギブスベッド』を出したのは一九九〇年のことである。それから二十五年を経て今回『コーヒーブレイク』を出すことになった。『ギブスベッド』刊行の時に小文を寄せた縁で、感想を再び記すこととなった。ただ、跋文は今回、田中礼さんが執筆される。あの学識豊かにして戦後短歌史を推進して来た田中礼さんの文章があれば歌集としては立派なもの。田中礼のことでわたしが深く心にとどめているのは『論攷石川啄木』（一九七七年刊）の第五章だ。啄木を通して優れた現代短歌の批評となっており、戦後の歌論として逸すべからざるものと思う。あの第五章は『コーヒーブレイク』論にも通じるのであり、わたしは何をつけ加えようか、ということで『ギブスベッド』を読み返し、『コーヒーブレイク』のゲラ刷を見て思ったのは、一貫した長野晃における短歌の姿勢である。作者を論ずるためには、まず『ギブスベッド』からふりかえってみてもいいのである。そう思ってまず、『ギブスベッド』に寄せた小文をここで再録することにしたい。二十五年も前のことゆえ、わたし自身遠い記憶となっていたものだが、長野晃の短歌の本質はこれだ、と今も思うのである。一貫した不退転の知的エネルギーを論じたもの左の通り。

＊　＊　＊

痛快男児　長野晃頌

まことに痛快なる歌集の登場だ。伝統的な花鳥風月などとは異なった現代生活のほとばしりである。枯淡の境地を蹴とばし、人間のあるがままの情感を端的に、ざっくばらんに歌いのけているのである。それはだからといって世紀末的なダダイズムやニヒリズムに身をゆだねたものではない。時代の動向を冷静に、厳しく見つめたうえで、聡明な科学的精神をふまえたたしかさがその根底にあるものだ。

著者長野晃は京大工学部出身の学究であり、その関係で倉敷の紡績会社の研究所に勤めたこともあったのは作品からもうかがえる。しかし、時代の激動のなかで革命的な政治活動へと身をふるいたたせ、共産党の専従となって働いてゆく。そうした仕事は日常生活の経済的な面からいえば大変な苦労に甘んじてゆくことであろう。世俗的にいえば、将来の安定を予測された大企業の技術者から、不安定な立場に移ることであろう。まさに報われることを期待せぬ献身を必要とする仕事である。しかも、その仕事を持続させるためには献身などという意識も乗り越えたところに立たねばならぬであろう。当たり前のこととして、心を豊かに持することが必要なのである。自然体としての専従活動でなければならぬはずだ。これは科学的時代認識のたしかさだけでなし得るものではなく、人間としての深い洞察力や豊かさがあってはじめて可能なのであろう。聡明さに支えられて未来を見つつ、世俗など無視して前に進む牛のような忍耐力を必要とする。それがこの著者長野晃なのである。そうした魅力的な人間によって描かれたこの作品集はこれまでの歌集とはひと味異なった世界が展開しているのだ。

屋根の上から降りられなくて一晩中うるさく鳴いたどんくさい猫
何やかやといいながらわれのコーヒーをふいと横からとってゆく妻
もごもごとさあ起きるぞと繰り返し言いつつ起き出す働く妻は
女心わからぬ人となじられてそんなものかと妻に答える

といった最初のところをみただけでも微笑して共感を覚えないわけにはいかない。共ばたらきの家庭の飾ることのない情景が生き生きとうかがえる。庶民的な向日性のユーモアがにじみ出ているといえよう。

ドクターストップの身を守るのは君自身だとさとされてただじっと聞いてる
感情の赴くままに行動する人の多きを四十にして知る
手術しても五分五分という医者に黙って従いベッドに臥せる
雑踏の流れの中に焦るなという友の言葉を噛み締めている
そういうのボランティア結婚と呼ぶそうよ詩人の友は妻に同情す

などを静かに身にしみてくるものだ。技巧的にはどこか拙いところがありながら、魅力的な作品をヘタウマと称することをどこかで読んだことがある。そういうヘタウマに似たところがあるけれども、この著者を技巧的に拙いといっては正しくないだろう。この著者には洋の東西を問わず文学作品の蓄積があることは歌集全体をみればよく判る。むしろ、技巧的なものを一切感じさせない技巧というほうが適切だろう。それが生きている。それは技巧を凝らすよりも難しいのである。技巧はすぐに真似られるが、この著者の持ち味は簡単には真似られないだろう。

この歌集も愛妻のみるにみかねたボランティア精神による結晶なのであろうか。

著者の家族がそれぞれみごとにこの歌集の中に生きており、当事者にとってはもっと格好よく歌ってくれたらいいのに、という希望もあるかもしれないが、これは何よりも生き生きとした長野一家のシンフォニーとなっているのである。どんなカラー写真よりも色あせない肖像画集ともいえるだろう。

こうした家族や自分のその時々の心情を率直にとらえた作品を中心としつつ、歌集全体には激動の一九八〇年代後半の時代史への積極的な取り組みもみられるのはやはりこの作者らしいところである。巻末には

世界には余りに悲しきこと多き流血記事に深夜涙す

という作でしめくくられている。まったく情けなくなることがあまりにも多すぎる時代である。しかし、だからこそ、人間は人間らしくあるためになお生きてゆくのであろう。この歌集全体にこめられた哀歓を大切にしながら。

こういう歌集はまさに今日的有用のもの。これならわたくしも出したいと思う

ひとがひとりでも多く登場してよい。現代短歌のお稽古ごと的な小世界を打破するためにも、現代に生きるつつましき庶民に人間らしさを回復させるためにもである。

一九九〇年初夏

＊　＊　＊

これが『ギブスベッド』に寄せたものであるが、これはそのまま『コーヒーブレイク』につながることと思わずにいられない。冒頭の「自由家族」からしてそうである。高校教師であった妻は退職して市長選挙に立候補し、四五％の支持を得るのである。そしていま七十歳となっているが赤いドレスの社交ダンスの姿を見て朗らかに生きている。娘は青年運動の活動家として夫婦ともに健在。さらに息子の結婚式にはサーファーの専門らしく百五十人からの仲間が集まり、その弟も「五つの赤い風船」とやらのメンバーらしく歌声を響かせる。といったそれぞれの「自由家族」の様子が連作となっているのである。これは「自由」というよりもたしかな「自立」というべきものだ。その日常は目次を見ただけでもまずわかる。それぞれの題名だけからも尋常の歌集にはない「現代」のあることが察せられるのである。「年金貧者」「無言館」「クラボウ裁判」「差止め裁判」「三人のプロ」等々。「万軍」と題したのは聖戦歌への批判をこめたもの。「ああ無念」では小林多喜二の死を悼み、自分の体の血圧の上下を冷静に見つめるくやしさなのである。そして最後の一首が題名となった作品であり、

疲れたる議論を終えてさあこれから　何でもありのコーヒーブレイク

と結ばれている。コーヒーをのむ休憩時間も「さあこれから」としてのものなのだ。ただぼんやりとする時間ではなく、議論と異なった新しい充実の時間なのである。短歌もそうして出来たものなのであろう。

長野晃の短歌は作者の人間が生き生きとしており、時代に対する洞察力もまたたしかである。係累をはじめとするさまざまな人間も社会のひとりとして深くと

らえられている。そして何よりもあらゆるテーマが自然体となって結実していることである。幾度かの全身麻酔の手術も克服し、活動し、活躍することが当然のこととして持続する。その短歌なのである。技法上の問題点をここではあれこれいう必要がない。必要がないとまでいうのは正確ではないが、そう言ってもいいくらいの生きる迫力があるということになろう。今日的短歌としてもっと大切な力があるのだ。短歌の生命力としても考えさせられることなのである。これは田中礼が啄木について「啄木短歌は直接的には継承し難く、間接的には多くの面で継承すべきところがある。」といっている意味とつながるものだろう。「間接的」といっているのは短歌の技法や成熟、完結性といったものとは異なった現代性のことをいうものだが、それは長野晃短歌を考えるうえでも意味のあることだと思うのである。それは短歌のもつ庶民文学としての精神にかかわることではないかとも思う。鶴見俊輔は「限界芸術論」として短歌の存在を分析していたが、それに通じることでもあるが、文学的には窪田章一郎の大著『西行の研究』の結語として述べている「短歌が発生以来の本質としている民衆詩としての性格を基盤としている」という課題ということになろう。長野晃の短歌と人間はそうしたことをいろいろと考えさせてくれるのである。

二〇一五年十二月

あとがき

私の第四歌集『今なら間にあう』は、第三歌集『わが道を行け』（二〇一五年七月～二〇一八年）に続き、二〇一八年、二〇一九年に所属短歌誌、短歌紙などを中心に掲載された作品から長勝昭氏に選歌していただいた四四五首を収めた。

歌作した二年間を振り返ると、森友加計問題や桜を見る会など、安倍政権による国政私物化、国会での虚偽答弁が問題になり、政権の支持率が急降下した時期であった。

つづく二〇二〇年からはコロナ禍が蔓延し、国民の健康、経済、福祉など日本社会の長年にわたる劣化が明らかになり、かつ二〇二二年、思いがけないプーチンのウクライナ侵攻がはじまり、世界の分断と貧富の格差が深まり、現在も続いているると言える。端的に、今の日本は「新しい戦前」と言われてもおかしくない時代であり、日本社会が深刻な矛盾と混乱に落ち込みますます劣化する不安と昏迷の時代と言えよう。とりわけ、戦争か平和か、地球温暖化や核戦争の危険など人類存亡さえ問われる「今」であることは、間違いない。

こうした、時代的歴史的特徴が鮮明に現れた時期に作った作品である。

私の作歌の心がけとしては、短歌の道に導いていただいた今は亡き田中礼先生、水野昌雄師に教えられた土屋文明の言う「短歌は生活者同士の叫びの交換、歌を詠む態度として生活即短歌、表現方法としてのリアリズムしかない」ということを及ばずながら追求したいと思って来た。その成否は読者の方々にゆだねるほかはない。

この点では、昨年、同好の士と語らい、現代短歌に大きな影響を及ぼしている土屋文明に学び、お互いの作歌力、鑑賞力の向上を目的に、「土屋文明研究会」を発足させた。文学、短歌の道はこれからだと自戒している。

また、本歌集作成に当り、関係短歌団体の選者、編集者、そして何よりも所属している京阪北歌会の歌友の方々との交流、励ましによって、力不足の私が第四歌集上梓の気持が出来たことに、大きな感謝を申し上げます。

出版を快く引き受けて頂いた典々堂の髙橋典子様、装幀の秋山智憲様に感謝申しあげます。

第三歌集『わが道を行け』についての書評、感想をいただいた百名を超える方々には言葉に尽くせない励ましを受けました。本歌集についてもお読みくださった読者の方からの感想、意見など頂ければたいへんうれしく思います。

最後に、第三歌集に引き続き選歌していただいた長勝昭様、カットを描いてくれた娘・真美、歌集名を考えてくれた連れ合いの邦子に記して感謝といたします。

二〇二三年七月十五日

長野　晃

自己紹介

○一九四四年　岡山市生れ（父は大分市、母は下関市の出身）

○倉敷市立中津小学校入学、吹田市立千里第二小学校卒、大阪府立茨木高校卒、京都大学工学部合成化学科卒。京都大学工学部自治会委員長、京都大学同学会（全学学生自治会）書記長。

○クラボウ研究所に勤務、日本共産党勤務員、寝屋川市長選挙候補者、寝屋川市太秦第二ハイツ自治会会長十年、などを歴任。現在、廃プラ処理による公害から健康と環境を守る会事務局、道路公害反対住民運動大阪連絡会代表、国土問題研究会理事、大阪から公害をなくす会幹事。

○所属短歌文学団体　日本歌人クラブ、日本民主主義文学会、国際啄木学会、大阪歌人クラブ、短詩形文学、新日本歌人協会京阪北歌会、新アララギ、塔短歌会、合歓の会、林泉短歌会

○連れ合い　長野邦子（大連生れ、長崎県出身、奈良女子大学卒、私立高校および大阪府立高校教員、大阪府立高校教職員組合婦人部長、衆議院候補一回、大阪府議会議員候補三回、寝屋川市長候補二回、計六回立候補）

歌集　今なら間にあう

2023年9月30日　初版発行

著　者　長野　晃
〒572-0843　大阪府寝屋川市太秦中町29-23

発行者　髙橋典子

発行所　典々堂
〒101-0062　東京都千代田区駿河台2-1-19
アルベルゴお茶の水323
振替口座　00240-0-110177

組　版　はあどわあく　印刷・製本　渋谷文泉閣

定価はカバーに表示してあります